पिंटू की पतंग

नरेंद्र सिंह 'नीहार'

स्वान बुक्स
नई दिल्ली-110002

ISBN : 978-93-7049-911-9

मूल्य : 250.00
प्रथम संस्करण : 2025
प्रकाशक : स्वान बुक्स
4760-61, द्वितीय तल
23 अंसारी रोड, दरियागंज,
नई दिल्ली-110002
शब्द संयोजन : तुषार कंप्यूटर्स, फरीदाबाद-121004
मुद्रक : मणिपाल टेक्नोलॉजीज़ लिमिटेड, मणिपाल

PINTU KI PATANG by Narendra Singh Nihar

क्रम

शुभकामनाएं

बच्चों के लिए ज्ञानवर्धक कहानियां

शिक्षाविद नरेंद्र सिंह "नीहार" लगभग पिछले तीस वर्षों से हिन्दी साहित्य जगत में कवि, व्यंग्यकार और एक चर्चित बाल साहित्यकार के रूप में अपनी अनूठी पहचान बनाते हुए निरंतर प्रगति के पथ पर अग्रसर हो रहे हैं। यह जानकार अत्यंत हर्ष और गर्व का अनुभव हो रहा है कि आत्मीय अनुज का बारह बाल कहानियों का संग्रह 'पिंटू की पतंग' प्रकाशित होने जा रहा है। बाल मनोविज्ञान के धनी

नरेंद्र सिंह "नीहार" जब बाल साहित्य में अपनी लेखनी को मुखर करते हैं तो वो उनके अंदर बाल सुलभ प्रवृत्तियां स्वयं जागृत होकर बच्चों के मनोभावों के अनुरूप रचनाएं उकेरने लगती है। 'पिंटू की पतंग' बाल कहानी संग्रह उनके पूर्व में प्रकाशित बाल काव्य-संग्रहों कि तरह ही बच्चों को मनोरंजन के साथ -साथ उनके ज्ञान में भी वृद्धि करेगा,ऐसी उम्मीद करता हूं। मैं नरेंद्र सिंह "नीहार" को इस कृति के प्रकाशित होने पर हार्दिक बधाई देते हुए ये आशीर्वचन देता हूँ कि उनका यह कथा-संग्रह साहित्य जगत में उनकी कीर्ति को आलोकित करे ।

गिरीश जोशी, नोएडा, उत्तर प्रदेश
संरक्षक हिन्दी कि गूंज

कोशिश करने वालों की कभी हार नहीं होती

मुझे यह जानकर अत्यंत प्रसन्नता हुई कि नरेंद्र सिंह नीहार का कहानी संग्रह 'पिंटू की पतंग' प्रकाशित हो रहा है। शीर्षक कहानी समाज में व्याप्त अंधविश्वास से निपटने के लिए नायक पिंटू के अद्भुत प्रयास और सफलता

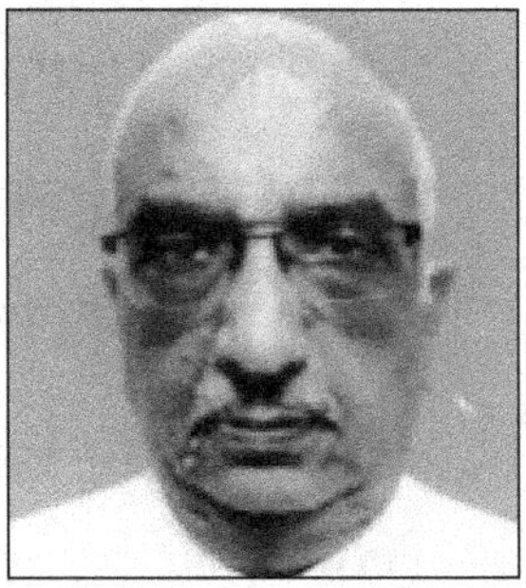

पाने की प्रेरणादायक कहानी है। कहानी का नायक पिंटू एवं कहानी के रचयिता श्री नरेंद्र सिंह नीहार जी बधाई के पात्र है। यह कहानी संग्रह यह भी बताता है कि अगर संकल्प उत्तम हो तो उसे पूरा करने में सब लोग जुट जाते हैं और सफलता सुनिश्चित हो जाती है। किसी महान कवि ने बहुत खूब कहा है- 'कोशिश करने वालों की कभी हार नहीं होती'।

मुझे पूरा विश्वास है कि इस रोचक कहानी संग्रह से बच्चों के मन में में उत्साह और उमंग का संचार होगा। उनको नए-नए काम करने की प्रेरणा मिलेगी।

मेरी शुभकामनाएं

डॉ.सुनील कुमार सग्गड़

पूर्व मुख्य कार्यकारी अधिकारी

शांति मुकुंद अस्पताल, नई दिल्ली

कल्पना और जिज्ञासा का संगम

साहित्यकार नरेंद्र सिंह "नीहार" जी के प्रकाशित होने वाले नए कहानी संग्रह 'पिंटू की पतंग' के लिए समस्त हिन्दी की गूंज परिवार की ओर से हार्दिक बधाई और शुभकामनाएं। आदरणीय नरेंद्र सिंह नीहार जी की लेखनी कहानियों के माध्यम से निरंतर बच्चों के मन में कल्पना और जिज्ञासा के रंग भरती रही है।

आपका यह नया कहानी संग्रह बच्चों को नए प्रेरणादाई मूल्यों के साथ-साथ नए संस्कारों से भी रूबरू करवाएगा। आपकी कहानियाँ न केवल मनोरंजक होती हैं, बल्कि उनमें जीवन के महत्वपूर्ण मूल्यों का भी समावेश होता है। इस संग्रह के माध्यम से बच्चों में एक अच्छा नागरिक बनने के गुणों का भी विकास होगा। हमें पूर्ण विश्वास है कि आपका यह नया कहानी संग्रह भी बाल पाठकों के बीच खूब पसंद किया जाएगा और उन्हें एक नई दुनिया में ले जाएगा।

आपकी रचनात्मकता और समर्पण को हमारा सलाम!

शुभकामनाओं सहित,

शशि प्रकाश

सचिव, हिंदी की गूंज परिवार

नि:संदेह रोचक बाल कथाएं

हिंदी साहित्य जगत में श्री नरेंद्र सिंह नीहार एक जाना- पहचाना नाम है। लेखक- कवि से भी अधिक वे हिंदी के सेवक के रूप में प्रसिद्ध हैं। 'हिंदी की गूंज' नामक संस्था कहिए या पटल, के द्वारा वे हिंदी की निरंतर सेवा कर रहे हैं। दिल्ली सरकार के शिक्षा विभाग में शिक्षक भी हैं। इस नाते हर उम्र के बचपन से उनका निकट का रिश्ता - नाता है। आज के बालक की रूचि क्या पढ़ने में है,यह भलीभांति जानते हैं। वे न केवल पढ़ाते हैं,न केवल लिखते हैं बल्कि खुद भी पढ़ते हैं और आज के बाल -साहित्य से निकटता बनाए रखते हैं। उनकी ख्याति कवि के रूप में है। उनके द्वारा लिखी कविताएं बच्चे चाव से पढ़ते हैं ।इसके तीन बड़े कारण हैं- उनकी कविताएं आसपास के माहौल पर होती है, सीमित आकार की होती है और सरल रोचक भाषा में तो होती ही है।

इस कवि- कलम से निकली बालकथाएं कैसी होगी ? यह तो आप पढ़ने पर ही जान सकेंगे। पर निसंदेह वे रोचक होंगी।

कुछ समय पूर्व मैंने उनकी लिखी एक बालकथा 'भूतू बंदर' पढी थी। कहानी मुझे बहुत अच्छी लगी थी । अब उनकी बालकथाओं की पांडुलिपि में यही कहानी फिर से पढ़ी तो पहले जैसा ही मजा आया। इस एक कहानी के साथ ही उनकी ग्यारह और कहानियां भी पढी। ये हैं- बलजोर, पाकेटमनी, गोलू के परांठे, रात का मुसाफिर, घोंसले की जिद्द, खेल खत्म बाबा जी, पुतला बोल उठा, कृष्णावतार, पिंटू की पतंग, उदास नदी और लॉकडाउन के मजे।

बलजोर में संदेश है कि शारीरिक दृष्टि से कमजोर सहपाठी की मदद की जाए तो वह ताकतवर चाहे न बने, उन दोनों की दोस्ती जरूर दमदार हो जाएगी। सदा के लिए हो जाएगी।

दूसरी कहानी कहती है कि पॉकेट मनी का सदुपयोग ही उसका सही उपयोग है। गोलू के परांठे कहानी के अनुसार स्वस्थ रहना है तो रुचि से सही भोजन करें। क्योंकि मन से खाओ तभी तन को लगेगा।

हम पक्षियों को अपनी बालकनी में मल बिखेरने, घोंसला बनाने से रोकने के इंतजाम करते हैं। परन्तु कहानी 'रात का मुसाफिर' में है कि किसी घायल पक्षी की सेवा करके देखो, उसके रहने और चुग्गे का इंतजाम करके देखो, आनंद दुगना हो जाएगा। एक कहानी है घोंसले की जिद्द। आप रोके या हवा के झोंके रोके, पक्षी घोंसला बनाना बंद नहीं करता। उस वक्त तो बिल्कुल नहीं जब उसके परिवार में नया सदस्य आने वाला हो। निसंदेह यह परिंदों की आदत

है। पर हम इससे यह शिक्षा ले सकते हैं कि हमारी जिंदगी में नया मोड़ आने वाला हो तो हम उसकी उपेक्षा न करें, आलस्य न करें ।बल्कि उसे स्वीकार करने की अग्रिम तैयारी करें । जैसे परीक्षा की या किसी प्रतियोगिता की समय रहते तैयारी करना।

अब बारी आती है 'भूतू बंदर' की। एक बंदर कुएं में गिर पड़ा। पानी में डूबा नहीं। एक जगह दुबक कर बैठ गया । मारे डर के वह बंदर अजीब सी आवाज़ें मुंह से निकालने लगा। गांव के लोगों ने यही समझा कि कुएं में भूत है। लोग कुएं से दूर हो गए। पर सब ऐसे नहीं होते ।अपने मुंह से कई जानवरों की आवाज निकालने में माहिर एक शख्स ने पता लगा लिया कि यह तो कुएं में कोई बंदर गिरा है। कुएं से बंदर को बाहर निकाला गया। कई लोगों के मन से भी यह वहम निकल गया कि भूत होते हैं। यह रोचक कहानी आपको वहम दूर करने की प्रेरणा देगी।

खेल खत्म बाबा जी में पाखंडियों से बचने की प्रेरणा है तो पुतला बोल उठा में निर्भीक होने की, कृष्णावतार में शिक्षित होने, पिंटू की पतंग में समाज सेवा, उदास नदी में पर्यावरण सुधार तो लॉकडाउन के मजे में समाज की सुरक्षा के लिए सामूहिक प्रयासों में भाग लेने की एक प्रेरणा है।

इस तरह हम कह सकते हैं कि साहित्यकार शिक्षक श्री नरेंद्र सिंह नीहार ने सरल भाषा में रोचक और उपयोगी बाल साहित्य की रचना कर अपना दायित्व निभाया है। बालपाठकों के लिए यह उपलब्धि

है । मैं आशा करता हूं कि भविष्य में भी वे ऐसा उपयोगी साहित्य बाल पाठकों को उपलब्ध कराते रहेंगे। शुभकामनाएं।

गोविंद शर्मा
बाल कहानीकार,
संगरिया, राजस्

ये बाल कहानियां

मानव सभ्यता के विकास के साथ ही किस्से, कथा, कहानी की शुरुआत मानी जाती है। पंचतंत्र और हितोपदेश की कहानियां बच्चों में दया, करुणा और मानवता के भाव जगाती हैं तो अकबर-बीरबल के किस्से, तेनालीरामा, शेखचिल्ली और मुल्ला नसरुद्दीन की कहानियां हास्य-बोध, समस्या का समाधान, साहस एवं जीवट की प्रेरणा प्रदान करती हैं। बच्चों के लिए लिखी जाने वाली कहानियां बाल साहित्य का अभिन्न अंग हैं। बाल कहानियों में मेरी रुचि बचपन से ही रही है। नन्दन, बालहंस, क्रिकेट सम्राट, नन्हे सम्राट आदि पत्रिकाएं खूब पढ़ी हैं। मेरी पहली कहानी बाल भारती में 2011 ई. में प्रकाशित हुई थी। तभी से छुटपुट बाल कहानियां लिखता रहा हूं। इनकी संख्या लगभग 30-35 के आसपास होगी। उन्हीं में से 12 बाल कहानियां इस संग्रह के लिए चयनित की गई हैं।

कहानियों के विषय बाल मन के अनुरूप रखे गए हैं। इनमें नटखट बन्दर है। उदास नदी है तो घोंसले की जिद्द में कबूतर भी है। चतुर-सयाने बच्चे हैं तो सच्चे और अच्छे दोस्त भी हैं। मनमौजी गोलू का आलस और आसमान में उड़ती पतंग भी है। यहां पुतला बोलता है और बलजोर सबको बाजुओं पर तोलता है। कुल मिलाकर जब

आप इनको पढ़ना शुरू करेंगे तो पूरा पढ़कर ही रुकेंगे। ऐसा मेरा विश्वास है। पुस्तक को आपके हाथों तक पहुंचाने की प्रक्रिया में प्रकाशक श्री पंकज कुमार गुप्ता, मेरे प्रिय शिष्य शशि प्रकाश और रामकुमार, मित्रों एवं परिवारीजनों का निरन्तर सहयोग - सहकार रहा है। इस पुस्तक की भूमिका लिखने की कृपा वरिष्ठ कहानीकार, साहित्य अकादमी के पुरस्कार से सम्मानित और मेरे परम आत्मीय श्रीमान गोविंद शर्मा जी ने की है। उनके प्रति कृतज्ञता और नमन के भाव प्रस्तुत करता हूं। शुभकामना संदेश देने वाले महानुभावों में सर्व श्री डॉ. सुनील कुमार सग्गड़, श्री गिरीश चंद्र जोशी, डॉ.सूर्यनाथ सिंह और हिन्दी की गूंज परिवार का भी विशेष आभार व्यक्त करता हूं।

बाल कहानी की दिशा में मेरे प्रथम प्रयास को दक्षता की कसौटी पर न तोलकर नौसिखिए लेखक की अठखेलियां समझा जाये। विद्वान - विदुषियों, शिक्षकों, अभिभावकों और बच्चों के सुझावों का हमेशा स्वागत रहेगा। आपकी प्रतिक्रिया मेरा संबल बनेगी। बच्चों को प्यार और शुभकामनाओं के साथ.....।

आपका - अपना

नरेन्द्र सिंह "नीहार"

शिक्षाविद एवं साहित्यकार

नई दिल्ली - 110080

सम्पर्क - 9873299789

1

बलजोर

वो मेरा कोई नहीं था मगर सबसे बढ़कर लगता था। मुझे इस बात का अहसास तब हुआ जब वह मेरी ज़िंदगी से दूर कहीं दूर चला गया। मैं बात कर रहा हूँ बलजोर सिंह की, जो एक गठीला, फुर्तीला और हँसमुख नेपाली लड़का था। वह 5वीं कक्षा से 8वीं कक्षा तक मेरा सहपाठी था। उसके पिता किसी साहब की गाड़ी चलाते थे। उन्हीं साहब की कोठी के सर्वेंट क्वाटर में वह अपने परिवार के साथ रहता था। बलजोर बहुत कम बोलता था। उसकी गोल मटोल चमकीली-सी आँखें हमेशा बोलती सी लगती थी। बहुत सौम्य, सुदर्शन और मिलनसार था बलजोर। वह खिलन्दड़ और शरारती भी

था मगर कभी-कभार का। शुरुआत में मैं उसे बिलकुल भी पसंद नहीं करता था फिर भी वह मेरे पीछे लगा रहता था। मुझे आज तक समझ नहीं आया कि मुझमें ऐसा क्या था? जो वह मुझे इतना पसंद करता था। मैं अपनी कक्षा के अमीर और होशियार लड़को को ज्यादा तरजीह देता था। सारे बच्चे उसे बल्ली बल्ली कहकर चिढ़ाते थे। हरदीप तो उसे देखते ही ओए बल्ले-बल्ले कहा करता था। मैं उसे बलजोर ही कहता था। शायद यही कारण रहा होगा जो वह मुझे इतना मानता था। वह अपने लंच में अक्सर अंडा-ब्रेड लाता था, जो मुझे बिलकुल पसंद नहीं था। हम ठहरे सरयूपारी ब्राह्मण। अरे यह कहानी तब तक अधूरी रहेगी, जब तक हमारी दोस्ती की शुरुआत के बारे में न बताया जाये। बड़ी दिलचस्प घटना है। आप सुनेंगे तो खुश हो जायेंगे। मैं अपनी कक्षा के आठ-दस पढ़ाकू लड़को में था। हमारे बीच कई बार गरमागरम बहस हो जाया करती थी। एक दिन ऐसी ही किसी बात पर तू-तू मैं-मैं होने लगी। मुझे चार लड़कों ने घेर लिया और लात घूंसे बरसाने लगे। टीचर जी उस समय क्लास में नहीं थे। मैं मदद के लिए चिल्लाया मगर कोई आगे नहीं बढ़ा। तभी बलजोर तपाक से उठा, उसने दो लड़को को जोरदार धक्का दिया। वे फुटबाल से उछलते हुए दूर जा गिरे। एक को कॉलर पकड़कर हवा में लहरा दिया और चौथा जान बचाकर मेज़ के नीचे जा छुपा। सबको ठिकाने। लगाकर बलजोर मुझसे आ चिपटा "तुम्हें ज्यादा चोट तो नहीं लगी अनुपम। मैंने ना में गर्दन हिलाई। अब वह किसी खूँखार जानवर-सा अपनी छाती पीट रहा था-अबे

हिम्मत है तो बढ़ो आगे। एक-एक को मसलकर रख दूंगा। बेचारे अनुपम को अकेला समझकर मारते हो। मुझसे लो पंगा अभी दिखा दूंगा गंगा। वे चारों उसके सामने दया की भीख माँग रहे थे। मैंने बात को यहीं खत्म करना ठीक समझा। आज बलजोर के लिए मेरे मन में श्रध्दा उमड़ पड़ी थी। मैं कितना गलत था। कब से बलजोर की अनदेखी कर रहा था। उसने कभी बुरा नहीं माना। आज वह मेरी मदद के लिए नहीं आता तो ये लड़के मेरा कचूमर ही निकाल देते। मैं बलजोर को अपनी बाहों में भरकर सिसकने लगा। बड़ी मुश्किल से इतना ही कह पाया-मुझे माफ कर दे मेरे दोस्त। तुम्हें समझने में मैंने बहुत देर कर दी। बलजोर होले से मुस्कुराया। रहने दे अनुपम। ये तो मेरा फर्ज़ था। स्कूल में आते ही मैंने तुझे अपना दोस्त मान लिया था। अब तेरी बारी। मुझे अपना दोस्त मान या ना मान तेरी मर्ज़ी। मैं भावुक हो उठा-ऐसे मत बोल मेरे भाई, मेरे दोस्त। तू ही मेरा जिगरी यार है। तब से वह मेरा सगा सहपाठी बन गया। मेरा कुछ भी उससे छिपा नहीं था। हम दोनों एक डेस्क पर बैठने लगे। वह थोड़ा कम ही बोलता था। मेरे साथ बैठने से उसे क्लास में कुछ मान मिलने लगा था। कक्षा के बच्चे उससे भय खाते थे। हरदीप ने बल्ले-बल्ले बोलना छोड़ दिया था। प्रायः सभी उसे बलजोर ही कहते थे। कभी कोई मज़ाक में बल्ली भी बोल देता था। बलजोर कभी-कभी अपने पहाड़ी गाँव की सुन्दरता, नदी में उछलती-गिरती मछलियों, सुन्दर पक्षियों और जादू टोनों की कहानियाँ सुनाया करता था। उस समय ऐसा लगता मानों वह भेड़ चराता हुआ पहाड़ी रास्तों पर घूम रहा हो। एक दिन उसने मुझे बताया कि यारा अनुपम अब हमारा साथ

महीने दो महीने का रह गया है। पापा के साहब का ट्रांसफर भोपाल शहर में हो गया है। हमें भी उनके साथ वहीं जाना पड़ेगा। इस खबर को सुनकर मेरा दिल बैठ-सा गया। मैं उसे पकड़कर फफक कर रोने लगा। उसका हाल भी बुरा था। इसके बाद तो हम और भी गहरे दोस्त बन गये। हमारी परीक्षा के बाद उन्हें भोपाल के लिए निकलना था। आखिर वह दिन भी आ ही गया। मैं अपने सीने पर पत्थर रखकर अपनी माँ के साथ उसे विदा करने उनके क्वाटर पर गया। बलजोर के माता-पिता ने मेरी माँ के पाँव छुए और मैंने उन दोनों के। बलजोर मझे गले लगाकर रोने लगा। मैं सिसकियाँ भर रहा था। मेरी माँ ने हम दोनों को समझाते हुए कहा-बन्द करो रोना। अनुपम अपने दोस्त को हँसते-हँसते विदा करो। बिछुड़े तो राम और भरत भी थे। लंका विजय के बाद उनका मिलन हो गया था। बलजोर फिक्र क्यों करते हो, हम लोग दशहरा पर भोपाल घूमने आयेंगे। तब तुमसे मिलने जरूर आयेंगे। इस बीच फोन पर बातचीत करते रहना। बलजोर का सामान ट्रक पर लद चुका है, अब बलजोर तुम्हे जाना चाहिए। बलजोर मेरा हाथ छोड़कर बोझिल कदमों से ट्रक की ओर बढ़ गया। उसके पिता ने सहारा देकर ऊपर चढ़ा लिया। बलजोर तब तक हाथ हिलाकर यारा अनुपम... अनुपम चिल्लाता रहा जब तक वह मेरी आँखों से ओझल न हो गया। उस घटना को याद करके मेरी आँखें और चश्मा आज फिर से तर हो गयें हैं। ऐसा था अनुपम का बलजोर ।

2

पाकेट मनी

संयम, सुरैया, दीपेश, रितेश और सलमान नर्सरी से साथ-साथ पढ़ रहे थे। समय के साथ-साथ उनकी दोस्ती गहरी होती गई। वे एक साथ पढ़ते, खाते और खेलते थे।

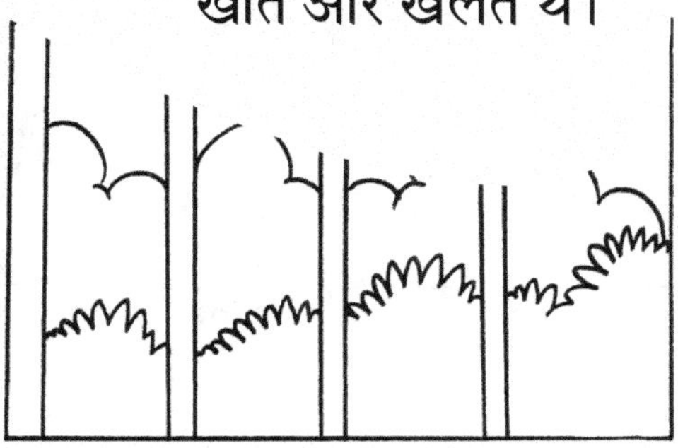

कोरोना बीमारी के फैलते ही देशभर में लाक डाउन लग गया। स्कूल-कालेज और दफ्तरों पर ताले लटक गये। इधर-उधर की आवाजाही बन्द हो गई। यात्री बस और ट्रेन की रफ्तार भी रुक गई। बच्चों को घर में बैठे-बैठे घुटन होने लगी। स्कूलों में पढ़ाई को जारी रखने के नये-नये रास्ते खोजे जाने लगे। आन लाइन टीचिंग एक नया प्लेटफॉर्म बनकर उभरा। इसके लिए स्मार्ट फोन, टेबलेट और लैपटॉप का सहारा लिया जाने लगा। इंटरनेट सेवा के माध्यम से यह काम घर बैठे सुलभ होने लगा। टीचर्स अपने घर बैठकर दिये गये लिंक

के द्वारा छात्रों के साथ कनेक्ट हो रहे थे। इस बात की सूचना विद्यालय की ओर से सभी पेरेंट्स को दी गई। अमुक तारीख से आन लाइन टीचिंग शुरू हो रही है। सभी अभिभावक अपने बच्चों को इन कक्षाओं में जुड़ने के लिए प्रेरित करें। कक्षा में रितेश को छोड़कर बाकी सभी बच्चे नियमित रूप से आने लगे। रितेश के पिता एक प्राइवेट कंपनी में नौकरी करते थे। लॉक डाउन के चलते उनकी नौकरी छूट गई थी। घर का खर्च बड़ी मुश्किल से चल रहा था। घर में फोन एक ही था और पढ़ने वाले तीन-तीन। ऊपर से नेट रिचार्ज का खर्चीला झंझट। वे चाहकर भी कुछ नहीं कर पा रहे थे। नया काम कहीं मिला नहीं। पुरानी बचत से घर का खर्च चल रहा था। उधर रितेश के दोस्त हर रोज फोन करके क्लास में जुड़ने के लिए कह रहे थे। रितेश हर दिन कोई न कोई बहाना करके अगले दिन जुड़ने का वादा कर देता। जब तीन दिन बाद भी रितेश कक्षा में नहीं जुड़ा तो सुरैया के मन में संदेह उत्पन्न हुआ। ऐसा कौन-सा कारण है कि रितेश कहकर भी क्लास ज्वाइन नहीं करता है। तरह-तरह के बुरे विचार उसके मन में आने लगे। उसने संयम को फोन लगाया। दोनों ने असलियत पता करने के लिए रितेश के पापा से बात की। उन्होंने अपनी मजबूरी कह सुनाई-बेटा पैसे का इंतजाम होते ही रितेश को आन लाइन क्लास जरूर दिलाऊंगा। संयम और सुरैया को अंकल की नौकरी छूटने का दुःख हुआ। दोनों ने मन ही मन संकल्प लिया कि हम रितेश को पढ़ने में जरूर मदद करेंगे। इसके बाद चारों दोस्तों ने सलाह मिलाई। सलमान-आजकल हम लोग घर पर रहते हैं तो हमारी पाकेट मनी पूरी बच रही है। क्यों न हम चारों अपनी-अपनी पाकेट मनी मिलाकर रितेश का फोन रिचार्ज करवा दें। संयम

थोड़ा दुःखी स्वर में-भाई उसके घर में एक ही फोन है, जिस पर उसकी बड़ी दीदी क्लास लेती है। दीपेश ने तपाक से कहा-मैं हूं ना। मेरे पापा के पास एक पुराना स्मार्ट फ़ोन है। उसे रितेश के घर भिजवाता हूं। दीपेश ने पापा से विनती करके रितेश के घर फोन भिजवा दिया और चारों दोस्तों ने अपनी-अपनी पाकेट मनी से छह महीने का रिचार्ज भी करा दिया। परन्तु इस पूरे प्लान को सीक्रेट रखा गया। रितेश के पापा ने उससे कहा-बेटा! कल से तुम आन लाइन क्लास लोगे ।

रितेश ने मासूमियत से पूछा-पर कैसे पापा? घर में फोन तो एक ही है। उसके पिता ने दूसरा फोन उसके हाथ में थमाते हुए कहा-यह लो फोन और इसमें छह महीने का रिचार्ज भी है। रितेश चौंककर बोला-किसने कराया पापा?

पाकेट मनी ने। किसकी पाकेट मनी? तुम्हारे दोस्तों की। आज रितेश को अपने दोस्तों और उनकी दोस्ती पर गर्व हो रहा था। उसकी आंखें नम हो गईं और पापा का गला भी रुंध गया।

3
गोलू के परांठे

गोलू वास्तव में गोल मटोल शरीर वाला बालक था। उम्र दस-ग्यारह के आसपास होगी। माता-पिता की इकलौती संतान। दादी-दादा का लाडला। बुआ की आंखों का तारा और सबका राजदुलारा। घर में हर कोई गोलू की मनपसंद वस्तुएं लेकर आता था। वह नमकीन वस्तुओं को बहुत पसंद करता था। बाजार की बनी चीजों को खाकर उसका स्वाद भी तीखा हो गया था। घर में बनी वस्तुएं और खाना उसे अच्छा नहीं लगता था। खाने में गिनी-चुनी वस्तुएं खाकर अपना काम चलाता था। उसकी मां रमा पौष्टिक और संतुलित आहार बनाकर रखती

तो वह नाक-भौं सिकोड़कर कहता-ये भी कोई खाने की चीज है। मुझे भूख नहीं है। फिर थोड़ी देर बाद कहता कि-कुछ नहीं तो आलू के परांठे ही बना दो। दाल-सब्जी,दूध-दही से वह कोसो दूर भागता था। खाना खाते समय वह मोबाइल पर वीडियो चलाकर रखता था। उसका पूरा ध्यान मोबाइल में रहता। खाने के स्वाद, रंग और पौष्टिकता से उसे क्या लेना-देना? उसे तो मोबाइल की मस्ती चाहिए।

गोलू के पिता उसकी इन आदतों से बहुत दुखी थे। कई बार समझाया और डांटा भी मगर कोई फ़र्क नहीं पड़ा। उसकी मां हर बार एक ही बात कहती कि बड़ा होकर सुधर जायेगा। सारे बच्चे ऐसे ही हैं। कमोवेश हमारा बेटा उनसे बेहतर है। पढ़ाई में अव्वल आता है और बच्चों से लड़ता-झगड़ता भी नहीं है। देखना एक दिन गोलू आई पी एस अफसर बनेगा। उसके पापा कहते-हां, हां जरूर, पहले तोंद तो कम करवा लो। इसके पीछे खुद दौड़ा करो या कोई पिल्ला दौड़ने के लिए पाल लो। गोलू की मां ये बात सुनकर गुस्सा हो जाती और कुछ समय तक अपने पति से बात नहीं करती थी।

एक बार गोलू बीमार पड़ गया। उसे कई दिनों तक बुखार आता रहा। उसने खाना बन्द कर दिया। डाक्टर ने खून की जांच कराने के लिए कहा। रिपोर्ट देखकर डाक्टर ने गोलू के माता-पिता को बताया कि आपका बेटा भीतर से बहुत कमजोर है। हम कुछ समझे नहीं डाक्टर साहब! गोलू के पिता ने कहा। डाक्टर दोनों को समझाते हुए-आपके बच्चे के खून में आर बी सी और डब्ल्यू.बी.सी. यानी लाल रक्त कणिकाएं और श्वेत रक्त कणिकाएं बहुत कम हैं। प्रोटीन और विटामिन डी भी निचले

स्तर पर हैं। आप इसके खाने का ध्यान नहीं रखते? आखिर क्या खाता-पीता है आपका बेटा? दोनों नज़रें झुकाकर बैठ गये। मैं कुछ दवाइयां और सिरप लिख रहा हूं और डाइट चार्ट नर्स से ले लीजिए। मौसम के फल जरूर खिलाइये।

गोलू के पिता झिझकते हुए-डाक्टर साहब एक बार आप गोलू को थोड़ा समझा और डरा दीजिए तभी वह हमारी बात मानेगा। घर पर खाने में मनमानी करता है। डाक्टर-तो ये बात है। बुलाओ अपने साहबजादे को। गोलू को उसकी मां डाक्टर की केविन में ले आई। डाक्टर उसे ऊपर से नीचे तक देखते हुए-तो मिस्टर गोलू, आपकी तबियत ठीक है ना। गोलू ने हां में गर्दन हिलाई। आप ठीक नहीं हो बेटा! अभी बुखार उतर गया है, मगर शरीर में कमजोरी बहुत है। तुम कुश्ती के बारे जानते हो? गोलू ने हां में गर्दन हिलाई। उसमें जीत किसकी होती है? जो ताकतवर होता है। गोलू ने धीरे से कहा। डाक्टर साहब-बस कुछ ऐसा ही बीमारी के साथ भी होता है। हमारा शरीर मजबूत होता है तो हम जीत जाते हैं और यदि कमजोर होता है तो हम बीमार पड़ जाते हैं। कुछ समझ आया। गोलू ने नज़रें नीची करके धीरे से हां कहा। डाक्टर साहब ने आगे कहा-तो अब तुम्हें बीमारी से लड़ने की तैयारी करनी है। नर्स दीदी ने जो डाइट चार्ट दिया है, उसके अनुसार हर दिन भोजन करना है। और हां एक बात और भोजन बिल्कुल शांत मन से। तुम खाते जरूर हो मगर शरीर को नहीं लगता है। समझे खाते समय नो मोबाइल।

अगर बात नहीं मानी तो बच्चे अगली बार हास्पिटल में भर्ती करना होगा। सुईं और ड्रिप दोनों लगानी पड़ेगी। अब तुम जा सकते हो। अल द बेस्ट।

गोलू अपने माता-पिता के साथ थके कदमों से घर की ओर चल दिया। डाक्टर साहब के शब्द उसके कानों में गूंज रहे थे-तो बच्चे अगली बार.....। घर आकर गोलू ने अपनी मम्मी से कहा कि आज से मैं डाइट चार्ट के हिसाब से खाना खाऊंगा। जिद्द और मनमानी नहीं करूंगा। गॉड प्रोमिस। पापा ने चुटकी लेते हुए कहा-और मोबाइल के संग खाना? अरे बाबा उसे भी छोड़ दूंगा। गोलू मायूस हो गया। तभी दादी ने एक लाल सेब गोलू को देते हुए कहा-लो बेटा मन से खाओ तन को लगेगा। गोलू ने मुस्कुरा कर सेब अपने हाथ में ले लिया और खाने लगा।

4
रात का मुसाफिर

रात के साढ़े नौ बजे होंगे। फड़फड़ की तेज़ आवाज़ के साथ एक कबूतर घर के दरवाज़े से टकराया और नीचे गिर पड़ा। कालू कुत्ता भौ-भौ करता हुआ दौड़ा। कबूतर डर के मारे घर की ऊपरी पौड़ी पर एक ओर सिमट गया। तब तक अनिल और अनिता भी घर खोलकर बाहर आ चुके थे। अनिल ने अपने पिता को आवाज़ लगाई-पापा कबूतर है, घायल होकर गिर पड़ा है।

शायद कुछ चोट लगी है। नरोत्तम ने कहा-गर्मी बहुत अधिक है। प्यास के मारे भी बेहाल हो सकता है। एक कटोरी में पानी भरकर उसके सामने रख दो। मैं फर्स्ट एड बाक्स लेकर आता हूँ। अनिल दौड़कर पानीभर कटोरी ले आया। पापा भी दवाई का डिब्बा लिए खड़े थे। अनिता को कबूतर पर बहुत दया आ रही थी। वह ईश्वर से उसके स्वस्थ होने की मन्नत मांग रही थी। नरोत्तम ने कोमल हाथ से कबूतर को पकड़कर उसके पंजों, पंखों और सिर को ध्यानपूर्वक देखा। कहीं भी चोट का कोई निशान न था। उन्हें लगा की प्यास के मारे गिर पड़ा है या रास्ता भी भटक सकता है। अनिल ने पूछा कि पापा अब यह कहाँ रहेगा ? हमारे साथ। अरे भाई ! रात का मुसाफिर है। आराम करके कल चला जायेगा। नहीं जा सकता-अनिता बीच में बोल उठी। पापा ने पूछा-क्यों? आप देख नहीं रहे, कितना निढाल और कमजोर लग रहा है। हाँ ठीक है, दो-चार दिन बाद चला जायेगा। अनिता ने अनिल की ओर देखा और दोनों मुस्कुरा दिए। मानो उन्हें कोई मनचाहा खिलौना मिल गया हो। पापा कबूतर को बालकनी में ले गए। नीचे मैट पर कबूतर को बिठा दिया और पंखा चला दिया। तब तक अनिल एक कटोरी में दाल, चावल और गेहूँ के दाने ले आया और अनिता पानी की कटोरी को ऊपर ले आई। दोनों बहुत देर तक कबूतर के बारे में बातें करते रहे। अनिता ने कहा-कल कई कबूतर इसका हालचाल पूछने आयेंगे। धत् बुध्दु ये इंसान थोड़ी हैं। मम्मी ने आवाज़ लगाई तो दोनों बच्चे घर के अन्दर चले गये। नरोत्तम ने बालकनी में जाली वाले किवाड़ लगा दिये ताकि बिल्ली कबूतर को अपना शिकार न बना पाये। कबूतर थोड़ी

देर बाद शान्त होकर बैठ गया। नरोत्तम को लगा कि यह अब सोना चाहता है। सुबह होते ही दोनों बच्चे दौड़े-दौड़े बालकनी में आये। अनिल कबूतर को अपने हाथ में लेकर प्यार करना चाहता था मगर वह दूर छिटक गया। अनिता ने कहा-भैया हम दूर से रात के इस मुसाफिर से बातें करते हैं। अनिल आश्चर्य से-यह हमसे कैसे बोलेगा? अपनी भाषा में। वो कैसै? अब आप देखिए। मैं बात करती हूँ। ओ प्यारे कबूतर! तुम ठीक हो ना। हमारा घर तुम्हें पसंद आया। अनिल हँसने लगा। अरे ये ठहरा पंछी। बेचारा क्या जबाव देगा। तभी कबूतर ने धीरे-धीरे गूटर गूं किया। अनिता ने चहकते हुए कहा-देख लो भैया मिल गया जबाव। अब ठीक हैं-कबूतर जी। मम्मी-पापा पर्दे के पीछे छुपकर इस बाल संवाद का मज़ा ले रहे थे। नरोत्तम-अरे बातचीत पूरी हो गई हो तो इस बेचारे को कुछ नाश्ता पानी भी खिला दीजिए। दोनों बच्चे घर के अन्दर दौड़ गए। अनिता एक कटोरी में थोड़ा-सा दूध और अनिल नमकीन और बिस्कुट का चूरा ले आया। कबूतर चबेने पर चोंच मारने लगा फिर दूध की कटोरी पर जाकर बैठ गया। नरोत्तम ने बालकनी खोल दी थी। बाहर की ठंडी हवा के झोके ने जैसे ही कबूतर के बदन को छुआ उसे ताज़गी का अहसास हुआ। मानो आसमान ने उड़ान भरने का न्यौता भेजा हो। कबूतर अपने स्थान पर गोल-गोल घूमने लगा। नरोत्तम ने दोनों बच्चों से कहा-बेटा बाय बाय करो, रात का मुसाफिर उड़ान भरने वाला है। कबूतर ने उनकी ओर अहसान भरी नज़रों से देखा और पंख फड़फड़ाता हुआ अपनी मंजिल की ओर उड़ गया।

5

घोंसले की जिद्द

मेरे घर के सामने बने घर के ग्राउंड फ्लोर पर एसी की आउटडोर मशीन लगी हुई है। छत से थोड़ा नीचे और सड़क से बहुत ऊपर, पक्षियों के घोंसला बनाने के लिए एकदम सही जगह। कबूतर यहां आकर अक्सर ता ता थैया करते रहते हैं। आजकल कबूतर का एक जोड़ा फुर्सत के पलों में यहां बैठकर गुटर गूं करने लगा है। बालकनी पर आते-जाते मेरा ध्यान बरबस ही उधर चला जाता है और मैं उनको देखकर मुस्कुरा भर देता हूं। एक दिन मैंने देखा

कि उन्होंने वहां पर घोंसला बनाने के लिए घास-फूस लाना शुरू कर दिया है। कबूतर मियां दौड़-दौड़कर तिनके,तार तिल्लियां और नरम-मुलायम घास चोंच में भर-भरकर ला रहे हैं और मादा कबूतर उन्हें अपनी चोंच से आड़ा-तिरछा करके कुशल शिल्पी की तरह घोंसले का आकार देने में जी-जान से लगी है।

घोंसला बनाने का यह उपक्रम कई दिनों तक निरंतर जारी रहा। वह अभी आधा ही बना होगा कि कबूतरों की असावधानी से नीचे गिर गया। दोनों कबूतर एक-दूसरे की गर्दन पर चोंच रखकर उदास बैठ गए। लेकिन पुरुषार्थ कब हारता कब थकता है। अगले दिन कबूतर ने फिर से तिनके ढोने शुरू कर दिये। कबूतर का एक पांव ज़मीन पर तो दूसरा मशीन पर। वह दिन भर उड़ान भरता रहता। कबूतरी तत्परता से घोंसला बना रही थी। उनके इस अभियान को तब गहरा झटका लगा जब घर की मालकिन ने आधे बने घोंसले को उठाकर कहीं दूर फेंक दिया। वह अपने घर के सामने तिनके गिराने और बींट करने से नाराज़ थी। इस घटना के बाद कबूतर का वह जोड़ा कई दिनों तक वहां नज़र नहीं आया। मैंने देखा कि चार-पांच दिन बाद कबूतर का वह जोड़ा फिर से आइटर मशीन के ऊपर आ धमका। अब मेरी रूचि भी इस घोंसले में हो चली थी। मानव और पक्षी के बीच छिड़ी इस जंग में जीत किसकी होती है। मेरा कौतूहल बढ़ गया था। कबूतर फिर से तिनके चुनने में व्यस्त हो गया और कबूतरी घोंसला बनाने में।

मुझे ऐसा लगा कि जल्द ही इनके घर में नये मेहमान आने वाले हैं। भविष्य

को लेकर इंसान ही नहीं पशु-पक्षी भी तैयारी करते हैं,इस तथ्य से भलीभांति समझा जा सकता है। उनकी लगन और साधना को देखकर मेरी सहानुभूति कबूतर के जोड़े के साथ हो चली थी। मैं भी इस पुनीत कार्य को पूरा होते देखना चाहता था। यही सोच कर मैंने उस घर की मालकिन को चाय पर बुलाया।

घर-गृहस्थी की बातों के बीच में मैंने पूछ लिया कि जब आपका बड़ा बेटा हुआ था तो आपने उसके आने से पहले बहुत सी तैयारी की होगी। उनकी बुढ़ाती आंखों में चमक आ गई। उन्होंने बताना शुरू किया कि वो जाड़े के दिन थे। मैंने अपने हाथों से छोटे-छोटे मौजे और दास्ताने बनाये थे। नरम-मुलायम कम्बल,गद्दा और छोटा-सा तकिया भी खरीदा था। यह बताते हुए उनकी ममता के स्रोत बह चले थे। बातों-बातों में मैंने उनका ध्यान उस घोंसले की ओर दिलाते हुए कहा-ज़रा ध्यान से देखिए कि आजकल ये कबूतर भी ऐसा ही कुछ कर रहे हैं। आपको इनकी मदद करनी चाहिए। ये बेजुबान पंछी तीसरी बार घोंसला बना रहे हैं। उन्होंने हां में गर्दन हिलाई। वे मेरा मंतव्य जान चुकी थी। इसके बाद उस प्रेमी-पराक्रमी जोड़े ने सफलतापूर्वक अपना घोंसला बनाया। मालकिन छत पर और नीचे सड़क पर प्रतिदिन बाजरे और चावल के दाने एक कटोरी में रखने लगी। कुछ दिन बाद उस घोंसले में लाल-लाल चोंच वाले दो नये कबूतर नज़र आये। मैंने भी अपनी छत पर दाना-पानी रखकर उन नये मेहमानों का स्वागत किया।

6

भूतू बन्दर

बात पुराने दिनों की है, जब लोग कुएं पर पानी भरते थे। निठारी गांव में एक पक्का कुआं था। दिन भर कुएं पर चहल-पहल रहती थी। एक दिन दोपहर का वक्त था। एक बन्दर कुएं की मुंडेर पर आ बैठा। उसने नीचे की और झांका तो अपनी परछाई देखकर खो-खो करने लगा। कुएं में खो-खो की ध्वनि गूंजने लगी। बन्दर को आया गुस्सा और धड़ाम से पानी में कूद गया। मगर वहां कोई था ही नहीं। अब बन्दर लगा डूबने। छपाक... छपाक.. छपाक। किसी तरह उसने कुएं के किनारे बने झरोखे में घुसकर अपनी जान

बचाई। लोग पानी भरने आते तो बन्दर उनके डोलू की रस्सी पकड़ कर अपनी ओर खींचने लगता। वे डर के मारे भाग खड़े होते। पूरे गांव में शोर मच गया कि कुएं में भूत है। गांव की औरतें बच्चों को कुएं पर जाने से रोकने लगीं। पूरे गांव में भूत की चर्चा जोरों पर थी।

तभी अनुराग ने कहा-कोई भूत नहीं होगा। जरूर कोई जानवर कुएं में फंस गया है। उसे निकालना होगा। वही रस्सी पकड़ कर बाहर आना चाहता होगा। कुछ निडर लड़कों ने उसकी हां में हां मिलाई। मनवीर काका ने कहा-जोशीले लड़कों हमें होश से काम लेना होगा। पहले यह पता लगाना होगा कि कौन सा जानवर है और फिर उसे बाहर निकालते समय अपनी सावधानी भी रखनी होगी।

जानवरों की आवाज़ निकालने वाले शिकारी को बुलाया गया। उसने शेर, भालू, गीदड़,लोमड़ी और भेड़िये की आवाज़ निकाली मगर कोई उत्तर नहीं मिला। अब उसने बन्दर की तरह खो-खो किया तो कुएं में से बन्दर की असली आवाज़ सुनाई पड़ी। मनवीर काका बोले-तो कपि राज हैं कुंए में। बताओ कैसे निकालोगे राघव? अनुराग ने पूछा। रस्सी के सहारे नीचे जाऊंगा और पूंछ पकड़कर उस मूर्ख वानर को ऊपर खींच लाऊंगा। मनवीर - तुम्हें पता है कि बन्दर को पूंछ कितनी प्यारी होती है। रामायण में नहीं देखा कि हनुमान ने पूछ के बदले सोने की लंका ही जला दी थी। हम एक काम करते हैं, कुछ केले एक टोकरी में बांधकर नीचे लटकाते हैं। बन्दर केलों की खुशबू से टोकरी पर कूद पड़ेगा फिर हम उसे ऊपर खींच लेंगे। पास खड़े लोगों ने काका की हां में हां मिलाई।

एक बड़ी और गहरी टोकरी में केले का गुच्छा रखकर धीरे-धीरे कुएं में

उतरा गया। बन्दर को केलों की खुशबू आ रही थी। वह दो दिन से भूखा भी था। उसने झरोखे से बाहर मुंह निकालकर देखा। मनवीर काका ने झट से अनुराग को इशारा किया। उसने टोकरी झरोखे से थोड़ा दूर हटा ली। बन्दर ने सीधे टोकरी में छलांग लगाई। वह मज़े से केले खाने लगा और अनुराग तथा राघव रस्सी को ऊपर खींचने लगे। अगले कुछ क्षणों में बन्दर कुएं के बाहर आ गया। वह गांव वालों की टोली को देखकर गुलाटियां खाते हुए भाग गया। मनवीर काका ने राहत की सांस लेते हुए कहा-तो ये था भूतू बन्दर । अनुराग और राघव की हिम्मत और बन्दर की शैतानी की किस्से गांव की फिजाओं में तैर रहे थे।

7

खेल खत्म बाबा जी

बाबा सदानंद निर्मोही का आश्रम दूर-दूर तक अपनी चमत्कारिक शक्तियों के लिए प्रसिद्ध था। आसमान से भभूत बरसती थी और बिन कारण अग्नि जल उठती थी। आश्रम में भक्तों की भीड़ हमेशा बनी रहती थी। प्रवेश द्वार और दरबार हाल में गुलाब जल की फुहारें वातावरण को खुशबूदार बनाये रखती थी। आश्रम के अन्दर कई आलीशान कमरे, दरबार हाल, यज्ञ वेदिका, गोशाला और एक कोने में देव उद्यान भी था। जिसमें फूलों की क्यारियाँ,

फलों के पेड़, बेल-बूटे तथा कुछ औषधियाँ भी लगी थीं। दो-तीन स्थानों पर पानी के फब्बारें और लाइट का प्रबन्ध भी था। बगीचे के बीचोंबीच एक कदम का पेड़ था। बाबा सदानंद निर्मोही फुर्सत के पलों में कदम के नीचे बाँसुरी वादन किया करता था। वह जब तन्मय होकर बाँसुरी बजाता तो गोशाला से गाय-बछड़े, पशु तथा पक्षियों के कान भी खड़े हो जाते थे। मोर उड़कर उधर आ जाते थे और पंछी चहचहाना बन्द कर देते थे। मगर पास के गांव के कुत्तों को यह रास नहीं आता था और वे कोरस में गाने लगते थे। बाबा को यह व्यवधान कतई पसंद नहीं था।

बाबा के आश्रम में देवपुत्रों की बड़ी संख्या थी। आश्रम का रखरखाव यही लोग संभालते थे। हर आने-जाने वाले पर इनकी चौकस नज़र रहती थी। बाबा कब, कहाँ और किससे मिलेंगे तथा कितनी देर बातचीत करेंगे सीनियर देवपुत्र ही निश्चित करते थे। एक टोली पर बाबा की सुरक्षा का भार था। एक टोली अनुशासन और दूसरी प्रसाद वितरण का काम देखती थी। ये लोग प्रायः श्वेत वस्त्र धारण करते थे। इनकी पहचान आसानी से हो जाती थी। बाबा ने इनको दुनियादारी के सलीके अच्छी तरह सिखाये थे। इनका व्यवहार सरल, सहज और भक्तों को आकर्षित करने वाला था।

महेश पास के गांव में रहने वाला ग्यारह-बारह बरस का एक बालक था। उसे अपने मुहल्ले के कुत्तों से बड़ा लगाव था। वह प्रतिदिन अपने घर से रोटियाँ लाकर उन्हें बारी-बारी से खिलाता था। उसके दोस्त दीनू, राकेश और असलम भी इन कुत्तों के साथ खिलवाड़ किया करते थे। जब भी ये बालक कहीं जाते तो कुत्तों की टोली पीछे हो लेती। महेश कहता-देखो-

देखो हमारे बाडी गार्ड पीछे चल रहे हैं। सभी दोस्त खुश होकर ही ही करते। पिछले कुछ दिनों से लालू कुत्ता, पुछकटी कुतिया और झबरा कहीं नज़र नहीं आ रहे थे तो महेश का माथा ठनका। उसने अपने दोस्तों से चर्चा की। राकेश ने बताया कि परसो शाम को देवपुत्र बोरे लेकर गांव की सड़कों पर घूम रहे थे। सुन्दर चाचा ने पूछा तो बताने लगे-आश्रम में भंडारा है, सब्जी लेने जा रहे हैं। दीनू गंभीर होते हुए-मुझे शक है कि इन देवपुत्रों ने ही हमारे प्यारे कुत्तों को अगवा किया है। असलम उदास होते हुए-हम बच्चे, क्या कर सकते हैं?

महेश-हमें हर हाल में उन्हें छुड़ाना ही होगा। सब मिलकर सोचते हैं। दीनू ने कहा-सरपंच अंकल के पास चलते हैं। सारे बच्चे सरपंच रंजीत बाबू के पास गए और सारी बात कह सुनाई। सरपंच जी बोले-बिना सबूत के हम आश्रम या बाबा पर आरोप नहीं लगा सकते। बाबा सदानंद ऊँची पहुँच रखते हैं। उनसे पंगा मंहगा पड़ सकता है। बच्चे उदास मन से अपने घर लौट आये।

महेश को उस रात नींद नहीं आई। रात भर सपनों में लालू, झबरा और पुछकटे कुत्ते ही घूमते रहे। वह बड़बड़ करता रहा-मैं तुम्हें छुड़ाने आ रहा हूँ। डरना नहीं। ये बाबा और देवपुत्र तुम्हारा कुछ नहीं बिगाड़ सकते। तुम फिर से गांव की गलियों में आराम से बेरोकटोक घूमोगे मेरे दोस्तों।

अगले दिन महेश को प्रवीण भैया की याद आई। जो गांव में सबसे ज्यादा पढ़े लिखे थे और नौकरी की तैयारी कर रहे थे। सारे बच्चे प्रवीण भैया से मिले और पूरी राम कहानी सुना डाली। प्रवीण गर्दन हिलाते हुए-हूँ, तुम्हारा शक गलत नहीं है। नगर निगम से भी कुत्तों को पकड़ने कोई नहीं

आया तो कुत्ते गये कहाँ? राकेश ने अपने हाथ को गोल-गोल घुमाते हुए कहा-कुछ तो हुआ है दया! सारे बच्चे हँसने लगे। प्रवीण भैया ने कहा कि मैं कुछ करता हूँ। तुम लोग बिलकुल चुप रहना। सबने एक साथ हाथ बाँध कर शपथ ली। प्रवीण ने उसी दिन एक मेल भारतीय पशु कल्याण बोर्ड की मेल आई डी पर भेजी और तुरंत एक्शन लेने की गुहार लगाई।

दो दिन बाद अचानक सुबह-सुबह बाबा के आश्रम को पुलिस ने चारो ओर से घेर लिया और। सघन तलाशी शुरू हुई। आश्रम के तहखाने के अन्दर मुंह बंधे हुए कुछ कुत्ते बरामद हुए। दो-तीन देवपुत्र भी कैद करके रखे गये थे। उनका दोष यही था कि वे बाबा की असलियत जान गए थे। पुलिस अधिकारी ने पशु क्रूरता अधिनियम के तहत बाबा और उनके खास देवपुत्रों को अरेस्ट करते हुए कहा-बाबा अब तुम्हारा खेल खत्म हो चुका है। अब जेल में कैदियों को प्रवचन सुनाना। यह खबर आसपास के क्षेत्रों में जंगल की आग की तरह फैल गई है। महेश और उसके दोस्त भी दौड़-दौड़ कर आश्रम पहुँच गये। पुलिस वालों ने कुत्तों को बाबा की कैद से रिहा कर दिया। सारे बच्चे अपने प्यारे कुत्तों से मिलकर बहुत खुश हुए और हिप-हिप हुर्रे करने लगे। उन्होंने प्रवीण भैया के पांव छूकर धन्यवाद दिया। प्रवीण कुमार ने उनके साहस और पशु प्रेम की प्रशंसा की।

8
पुतला बोल उठा

कुल्लू दशहरा की बात ही निराली है। देशभर के लोगों के आकर्षण का केंद्र रहा है। विदेशी सैलानियों ने भी यहाँ आकर रामलीला मंचन का लुत्फ उठाया है। कोरोना के चलते इस बार प्रशासन ने सांकेतिक तौर पर सामाजिक दूरी का पालन करते हुए केवल 200 लोगों को रामलीला मैदान में आने की अनुमति दी और वह भी जाँच के बाद। मैदान के दोनों द्वारों पर बड़े-बड़े सैनेटाइजर डिस्पेंसर लगाये गये। आयोजक समिति ने सबके लिए मास्क और ग्लब्स अनिवार्य कर दिए। दशहरा देखने वालों को

रावण कुंभकर्ण और मेघनाद के पुतले देखकर सुखद आश्चर्य हुआ कि उनके चेहरे पर भी मास्क लगा हुआ था। राम-रावण का युद्ध प्रारंभ हुआ। दोनों सेनाओं के सैनिक घंटों लड़ाई का अभिनय करते रहे। जय श्री राम और हर हर महादेव के नारों से दर्शकों में रोमांच बना रहा। शाम ढले जब विभीषण ने राम को रावण की नाभि में अमृत कुंड का रहस्य बताया तो रामरूपी कलाकार ने अग्निवाण का संधान कर लिया। वह रावण के पुतले पर वाण छोड़ने वाला था कि अचानक पुतला मास्क हटाकर अट्टहास करने लगा। उसने गरजते हुए कहा-अरे वनवासी छोकरे ठहरो ! तुम मुझे नहीं जला सकते। रामलीला मैदान में सन्नाटा पसर गया। रामरूपी कलाकर बोला-क्यों नहीं जला सकता?

पुतला-क्या तुमने कभी राम की मर्यादा का पालन किया है। जीवन में सत्य और न्याय का कितना साथ दिया है? राम के हाथ से धनुष गिरते-गिरते बचा। रावण का पुतला फिर जोर से हँसा। अरे लक्ष्मण, हनुमान, अंगद, जामवंत क्या तुममें कोई रघुकुल परम्परा का पालक है? सब गर्दन झुकाये खड़े थे। पुतले का साहस और जनता का कौतूहल बढ़ता जा रहा था। इस बार पुतले ने समूची राम सेना के साथ उपस्थित दर्शकों को भी चुनौती दे डाली-है कोई माई का लाल जो सदाचारी और सुविचारी हो। मुझे जलाने के लिए बढ़े आगे।

बालक शिवप्रताप अपने पिता के साथ रावण के पुतले का यह नया संवाद बड़े आश्चर्य के साथ देख और सुन रहा था। उसकी उम्र कोई दस साल के आसपास होगी। वह बड़ी निडरता से आगे बढ़ा और पुतले को ललकारते हुए बोला-अहंकारी रावण तेरी यह चाल मैं पूरी नहीं होने दूंगा।

मुझे तेरी चुनौती स्वीकार है। मैं शपथपूर्वक कहता हूँ कि मैं राम की तरह अपने माता-पिता और गुरुजनों का आज्ञाकारी हूँ। अपने मित्रों के सुख-दुख का साथी हूँ ।मेरे भाई-बहिन और पड़ोसी मुझे बहुत प्रिय हैं। मैं अपने घर और स्कूल के काम समय से पूरे करता हूँ। मेरे आचरण में सत्यनिष्ठा और ईमानदारी है। श्री राम के आदर्शों पर चलकर मैं अपने जीवन को सफल बनाऊँगा।

मैदान में उपस्थित जनता-जनार्दन इस निडर और निर्भीक बालक की हाजिरजबावी पर मंत्र मुग्ध होकर ताली बजाने लगे। उधर रावण का पुतला रुआँसा होकर कहने लगा-तो मुझे इस साल भी जलना पड़ेगा। हे निडर साहसी और रामानुरागी बालक तुम मेरे ऊपर तीर चला सकते हो मगर याद रहे अपने इन गुणों को सहेज कर रखना। शिवप्रताप ने रावण के पुतले पर अग्निवाण चला दिया। पुतला धू धूकर जल उठा। जय श्री राम के नारों से कुल्लू दशहरा मैदान गूँज उठा। लौटते समय लोगों की जुबान पर एक ही नाम था-रामानुरागी शिवप्रताप।

9
कृष्णावतार

अनंत-यार अनमोल उस कबाड़ बीनते लड़के को देखो। रोज सुबह हम किताबों का बैग लेकर स्कूल जाते हैं और यह अपना बोरा लेकर कबाड़ ढूंढने निकल पड़ता है।

अनमोल-उसकी कोई मजबूरी होगी।

अनंत-चलो एक बार उससे पूछते हैं।

आगे बढ़कर -

तुम कौन हो भाई और यह काम क्यों करते हो?

लड़का सकुचाते हुए-"मेरा नाम गोपाल है। मेरा बाप नहीं है और मां बीमार रहती है। उसकी दवा और घर खर्च के लिए ये सब करता हूं।"

अनमोल-स्कूल नहीं जाते?

गोपाल-मन तो करता है मगर किस्मत में नहीं है।

अनंत-तुम्हारे लिए कुछ करते हैं भाई!

फिर वे दोनों अपने स्कूल की ओर बढ़ गये।

अनमोल-हम इस गोपाल के लिए क्या कर सकते हैं?

अनंत-स्कूल में सरजी बात करेंगे। हमारे आलोक सर बहुत अच्छे हैं। कोई रास्ता निकल लेंगे।

दोनों ने स्कूल जाकर पूरी दास्तां आलोक सर को जा सुनाई। उन्होंने उन दोनों को शाबाशी देते हुए कहा-"बेटा तुम्हारा दिल बहुत नेक है। मैं उस बालक के लिए कुछ करता हूं। मुझे उस स्थान के बारे में बताओ, जहां वह कूड़ा-कचरा बीनता है।"

दोनों ने उस चौराहे और गली के बारे में सर जी को विस्तार से बता दिया।

स्कूल में कृष्ण जन्माष्टमी की दो दिन की छुट्टी पड़ गई। अगले दिन जब अनमोल और अनंत अपनी क्लास में पहुंचे तो उन्हें एक अजनबी लड़का नई स्कूल ड्रेस में दिखाई दिया। वे उसे ध्यान से देख रहे थे, तभी आलोक सर आ गये । अनंत बेटा-" तुमने इस नये लड़के को नहीं पहचाना, यह तुम्हारा गोपाल है।"

अनमोल उछलते हुए-" सर जी यह तो चमत्कार हो गया। कृष्णावतार हो गया।"

अनंत ने ताली बजाकर उसका स्वागत किया। गोपाल नए परिवेश में मन्द-मन्द मुस्कुरा रहा था।

10
पिंटू की पतंग

पहाड़ों पर गांव दूर दराज में छिटके होते हैं। पगडंडी वाले रास्ते ही उनको आपस में जोड़कर रखते हैं। धमौरा ऐसा ही एक गांव था,जो मुख्य मार्ग से मीलों दूर था। पिंटू के पड़ोसी चम्पा लाल दादा उसे बहुत प्यार करते थे। उसे अच्छी-अच्छी बातें बताते और कहानियां भी सुनाते थे। पिछले हफ्ते

किसी काम से शहर गये थे और वहां से लौट कर बीमार पड़ गए थे। तीन दिन बाद ही राम जी को प्यारे भी हो गए। एक अन्य युवक नरसिंह भी कुछ दिन पहले बाहर से आया था,उसकी हालत भी बहुत नाज़ुक थी। पिंटू को रेडियो सुनने का शौक था। उसने किसी कार्यक्रम में करोना बीमारी की बात को ध्यान से सुना था। उसे शक हुआ कि कहीं यह सब करोना ही तो नहीं? उसने अपने माता-पिता को भी इस बारे में समझाया था। उसकी बात पर किसी ने ध्यान नहीं दिया। गांव के सब लोग पूजा-पाठ और देवी-देवताओं को मनाने में लगे रहे। कुछ लोग भगतों और तांत्रिकों के चक्कर काट रहे थे। पिंटू चाहकर भी कुछ नहीं कर पा रहा था। अचानक उसके बाल मन में एक विचार कौंधा। वह खुशी से उछल पड़ा।

सीधे रम ई काका की दुकान पर गया और वहां से सफेद रंग की एक पतंग खरीद लाया। घर में किताबों की अलमारी से एक मार्कर निकाला। उसने पक्की स्याही से पतंग पर एक संदेश लिखा-

"डॉक्टर साहब आपको हाथ जोड़कर नमस्ते। मैं धमौरा गांव का पिंटू हूं। हमारे गांव में पिछले पन्द्रह दिन में दो मौत हो चुकी हैं। मुझे लगता है कि करोना फैल चुका है। गांव के लोग देवी-देवताओं को मनाने और टोना-टोटके में लगे हुए हैं। कोई डॉक्टर के पास चैकअप के लिए नहीं जा रहा है। कृपया हमारे गांव में सभी लोगों की जांच करवाई जाये।

आपका पिंटू

गांव - धमौरा

पिंटू ने शाम को पतंग को बहुत ऊंचा उड़ाया। जब वह आसमान से बातें करने लगी तो डोर को अपने हाथ से तोड़ दिया। पतंग हवा के साथ उड़ते-उड़ते दूर श्रीनगर गढ़वाल तक जा पहुंची और पत्रकार प्रमोद रावत की छत पर जा गिरी। सुबह प्रमोद जब अपनी छत पर टहल रहे थे तो उनकी नज़र उस पतंग पर पड़ी। उन्होंने पिंटू की लिखी हुई फरियाद को ध्यान से पढ़ा और एक सुन्दर समाचार बनाकर अपने अखबार में छपवाया-"बोलती पतंग"। इस समाचार ने प्रशासन का ध्यान अपनी ओर खींचा। अगले दिन डॉक्टरों और नर्सों की टीम धमौरा गांव की ओर रवाना की गई। साथ में चार पुलिस वाले भी भेजे गए।

धमौरा पहुंचकर डॉक्टर्स और, नर्सेज की टीम ने सरपंच से मुलाकात की। उसने लोगों को जांच के लिए तैयार किया। लगभग पचास लोगों के सैंपल लिए गए। उसमें से पन्द्रह लोग करोना पॉजिटिव निकल आये।

चार दिन बाद स्वयं मुख्य चिकित्सा अधिकारी महोदय अपनी टीम के साथ धमौरा गांव के दौरे पर आए। साथ में उस इलाके के बी डी ओ भी थे। सभी लोगों को उनकी जांच रिपोर्ट सौंपने के लिए पंचायत भवन में समुचित दूरी के साथ बिठाया गया। अस्पताल के कर्मचारियों ने मास्क और सेनेटाइजर बांटे। सी एम ओ साहब ने बचाव के उपाय भी बताए। इसी बीच सरपंच बलदेव नारंग ने पूछा कि आपको कैसे पता चला कि हमारे गांव में करोना फैल गया है?

" पिंटू की पतंग से" सरपंच ने पिंटू को वहां बुलवाया। पिंटू ने पूरी कहानी सबके सामने कह सुनाई। सी एम ओ साहब ने पिंटू की बहुत तारीफ की और

एक चाकलेट का डिब्बा उसे उपहार में दिया। बी डी ओ साहब ने उसे करोना वारियर्स की टी शर्ट के साथ मास्क और सेनेटाइजर भी गिफ्ट में दिया। पूरे गांव में पिंटू की समझदारी के चर्चे हो रहे थे और वह चाकलेट के साथ चैन की सांस ले रहा था।

11

उदास नदी

नदी पहाड़ी से नीचे उतर कर बहुत खुश थी। ऊपर से नीचे बहते हुए उसे बहुत कष्ट होता था। नुकीले मोटे पत्थरों, छोटे-छोटे तीखे कंकड़ों और झाड़-झंकाड़ो से उसकी कोमल देह छिल जाती थी। बड़े-बड़े वृक्षों के मोटे तने और ऊबड़-खाबड़ जड़ें उसका रास्ता रोककर खड़े हो जाते थे। नदी पहाड़ से नीचे उतर कर मंद-मंथर गति से आगे बढ़ने लगी। उसकी लहरें हवा के साथ अठखेलियां करते हुए मानो कह रही हों-" पर्वत घर है मेरा,दूर मुझे है जाना।

कल-कल बहते-बहते, सागर को है पाना।"

नदी मुश्किल से पांच छह मील आगे बढ़ी होगी, उसने देखा कि एक गंदा नाला धड़धड़ाते हुए उसकी ओर बढ़ा आ रहा है। नदी ने अपनी नाक बंद करते हुए उससे पूछा कि-" तुम कौन हो?"

नाला बोला-"मैं इस शहर का सबसे बड़ा नाला हूं। यहां के लोग अपना मल-मूत्र, कूड़ा-करकट, तमाम गंदगी मेरे अंदर डाल कर गंदे पानी के साथ बहा देते हैं। मैं अपनी सांसें थामकर उसे इस जंगल की ओर बहाकर लाता हूं।"

नदी-"तुम कोई और रास्ता चुनकर उधर बह निकलो।"

नाला (बेबसी दिखाते हुए) " नहीं बहन ! मैं बदबू से अटा जा रहा हूं। मेरा रास्ता मत रोको। मुझे भी खुली सांस लेने दो, अन्यथा मेरा ...."

नदी ने उसकी मजबूरी को समझते हुए अपना रास्ता बदल लिया। वह बायीं ओर मुड़कर बहने लगी। मगर नाले से उठने वाली सड़ांध से वह परेशान हो उठी। नदी ने हिम्मत नहीं हारी,वह आगे बढ़ती गई। परंतु यह क्या? एक और काले स्याह नाले ने उसका रास्ता रोक लिया। अरे भाई क्या करते हो,दूर हटो, तुम्हारे शरीर पर कितने काले-सफेद झाग लगे हैं और भयंकर बदबू भी आ रही है। नाला उत्तेजित होते हुए-" क्यों हटूं? सारा जंगल तुम्हारी जागीर है क्या? "

नदी आश्चर्य से बोली-" मैंने कब कहा कि यह सब मेरी जागीर है। पर तुम यह क्यों नहीं सोचते कि तुम्हारे गंदे और विषैले पानी से मेरी प्यारी मछलियां मर जायेंगी। रंग-बिरंगे मेंढ़कों और अन्य जीव-जंतुओं का क्या होगा?"

नाला-मुझे इन सब बातों को सुनने की फुर्सत नहीं है।

मैं जहां से आ रहा हूं, वहां भी चीनी और शीरा बनते हैं। बिना चीनी के सब पकवान फीके होते हैं। तुम ही अपने लिए कोई दूसरा रास्ता क्यों नहीं चुन लेती ।"

नदी रास्ते बदल-बदलकर थक चुकी थी। धीरे-धीरे उसने इन गंदे नालों के साथ जीने की आदत डाल ली। वह अक्सर अपने पुराने दिनों को याद करके बहुत उदास हो जाती थी-पहाड़ी का मौसम कितना सुहावना था। घाटी निरन्तर फूलों से महका करती थी। औषधि और जड़ी-बूटियां नदी के पानी को शुद्ध करके साफ-सुथरा रखती थीं। रंग -बिरंगे पक्षियों के झुंड के झुंड नदी की प्रशंसा में सुबह-शाम मीठे-मीठे गीत गाते थे।अब दूर खड़े हिम शिखर उसे सफेद भालू से दिखाई देते थे। सब पीछे छूट गया था। नदी बीमार रहने लगी। आजकल उसका पानी पीने और नहाने के काबिले नहीं बचा था। उसको अपनी महत्ता खोने का गहरा सदमा लगा था।

12
लॉकडाउन के मजे

आजकल सुंदर वन सुंदरतम नजर आ रहे हैं। चारों ओर चटक हरियाली फैली है। सुबह-शाम खगकुल अपना कलरव बड़े मनोयोग से कर रहे हैं। नदियों का पानी शीशे-सा का चमकदार एवं साफ सुथरा हो गया है। बस्तियों से आने वाला धुआं आसमान से छट चुका है। किसी प्रकार का शोरगुल भी

नहीं है। सुंदरवन के पशु पक्षी बेहद खुश और रोमांचित हैं। हिरण बेधड़क दौड़ लगा रहे हैं। बंदर पेड़ों के ऊपर उछल कूद कर रहे हैं और गर्दभराज आज मस्ती में ढेंचू–ढेंचू गा रहे हैं। छोटे जानवरों के बच्चे मजे से पार्कों में खेल रहे हैं। एक और खास बात इन दोनों भालू काका के हरित अखबार में नजर आ रही है। सारे पन्ने एकदम हरे भरे हो गए हैं। पिछले एक महीने से किसी पशु पक्षी के पड़े या सताए जाने का कोई समाचार नहीं है। इंसानी अत्याचारों में सौ प्रतिशत की कमी देखी जा रही है।

उधर इंसानी बस्तियों में हलचल बहुत कम है। उदासी और वीरानी छाई हुई है। ऐसे में मोनू हिरण को बड़ी मस्ती सूझ रही है। सुबह से घूमने निकल पड़ता है। मम्मी पापा ने समझाया बेटा ज्यादा दूर मत निकाला करो। जान का खतरा परायों के साथ अपने से भी कम नहीं है। मगर मोनू को तो खतरों से खेलने का पैशन हो चला था। वह एक दिन सुंदरवन के दक्षिणी छोर पर कुलांचे भर रहा था तभी उसने दूर से अपने बचपन के दोस्त बंटी बंदर को देखा। उसकी खुशी का ठिकाना ना रहा। कैसे हो मेरे यार, कहां चले गए थे, तुमने तो मुझे भूला ही दिया। मोनू हिरण एक सांस में कहा गया। बंटी बंदर मुस्कुराते हुए बोला-मेरे यार मोनू मैं शहर घूमने चला गया था। पिंकी बिल्ली ने तुम्हें नहीं बताया। मोनू ने ना में गर्दन हिलाई। अच्छा बताओ बंटी तुमने शहर में क्या-क्या देखा और किस-किस से मुलाकात की। बंटी बंदर रुवासा होकर बोला-भाई मोनू शहर की बात मत पूछ बुरा हाल है। लोग घरों में अंदर हैं और सड़के, बाजार एकदम खाली खाली है। अरे हुआ क्या है? एलियन तो नहीं आ गए या आसमान

गिर रहा है। मोनू भाई वहां लॉकडाउन लगा दिया गया है। यह गो डाउन का बड़ा भाई है क्या? अरे नहीं पगले इसका मतलब होता है अपने घर के अंदर रहना। वह किस लिए, मोनू हिरण की उत्सुकता बढ़ चली। इंसानी बस्तियों में भयंकर महामारी कोरोना फैल रही है। मोनू खी–खी करके हंस पड़ा। बंटी ने उसे टोकते हुए कहा-अब हंस क्यों रहे हो बंटी भाई? आपने ही तो बताया कि खिलौना महामारी फैल रही है। मोनू तुमने ध्यान से सुना नहीं वह कोरोना है कोरोना। उसके डर से बड़े-बड़े तुर्रम खाँ थर-थर कांप रहे हैं। फिर तो वह हाथी काका से भी बड़ा होगा। बंटी बंदर अपना माथा पकड़ कर बैठ गया। मोनू भाई मत लगाओ अपना दिमाग। क्यों मुझे परेशान कर रहे हो। मोनू ने कान पकड़कर माफी मांगी। बंटी ने आगे बताया कि कोरोना बहुत छोटा सा वायरस है जो खांसने, छींकने और एक दूसरे को छूने या पास-पास रहने से होता है। इसीलिए शहरों में लोग अपने घरों में कैद होकर रह गए हैं। इक्का-दुक्का मुंह पर मोचका लगाकर ही घर से बाहर निकलते हैं। अब तक दो लाख लोग मर चुके हैं और बहुतायत में अस्पतालों में भर्ती है। बंटी की बातें सुनकर मोनू को एक अजीब-सा डर सताने लगा था। उसने घबराते हुए बंटी से पूछा-भाई हमारा सुंदरवन तो नहीं आएगा कोरोना की चपेट में। अभी ऐसी कोई खबर नहीं है। मोनू ने दबी आवाज में कहा-भाई हमें भी एतियात तो बरतनी चाहिए। बंटी ने हां में गर्दन हिलाई। फिर दोनों जंगल के राजा शमशेर सिंह के पास गये। अपनी पूरी बात कह सुनाई। शमशेर सिंह अपने आसन से उछल पड़े उन्होंने तत्काल चीते, भालू, भेड़िये और लकड़बग्घे को चारों सीमाओं की निगरानी की जिम्मेदारी सौंप दी। हाथियों के ताड़ी पीने पर रोक लगा दी।

शादी-विवाह और पार्टियां बंद करने का आदेश दिया। बिना मतलब इधर-उधर घूमने पर पूर्ण प्रतिबंध लगा दिया गया। अगले दिन भालू काका के हरित अखबार में बंटी बंदर और मोनू हिरण की तस्वीर देखकर सारे जानवर बहुत खुश थे। दोनों को शमशेर सिंह ने हर अंग वस्त्र पहनकर तथा ताजे-ताजे नारियल देकर सम्मानित किया था ।